Plumas para almorzar

Lois Ehlert

traducido por Alma Flor Ada y
F. Isabel Campoy

Libros Viajeros
Harcourt Brace & Company
San Diego   New York   London
Printed in Singapore

Para Boots, Ibbi y Zuma Jay
y para Tom, Bucky, Cloudy y The Chairman,
que ya no están aquí

Mi agradecimiento a Mark Catesby (1682-1749),
al Field Museum of Natural History, Chicago,
y al Milwaukee Public Museum

This is a translation of *Feathers for Lunch.*

First Libros Viajeros edition 1996.
Libros Viajeros is a registered trademark of
Harcourt Brace & Company.

The Library of Congress Cataloging-in-Publication Data
Ehlert, Lois.
[Feathers for lunch. Spanish]
Plumas para almorzar/escrito por Lois Ehlert; traducido por
Alma Flor Ada, F. Isabel Campoy.
p.   cm.
"Libros Viajeros."
Summary: An escaped housecat encounters twelve birds in
the backyard but fails to catch any of them and has to eat
feathers for lunch.
ISBN 0-15-201021-1
[1. Cats—Fiction. 2. Birds—Fiction. 3. Spanish Language
materials.] I. Ada, Alma Flor. II. Campoy, F. Isabel.
III. Title
[PZ74.3.E5   1996]

Printed and bound by Tien Wah Press, Singapore

P O N M L K J

¡Oh, oh!
Han dejado la puerta
un poquitito abierta.

¡Mi gato se ha escapado y aún no ha regresado!

planta
de geranios

TILÍN
TILÍN

Petirrojo ameri

TOMATE

Busca un nuevo plato
para su menú,

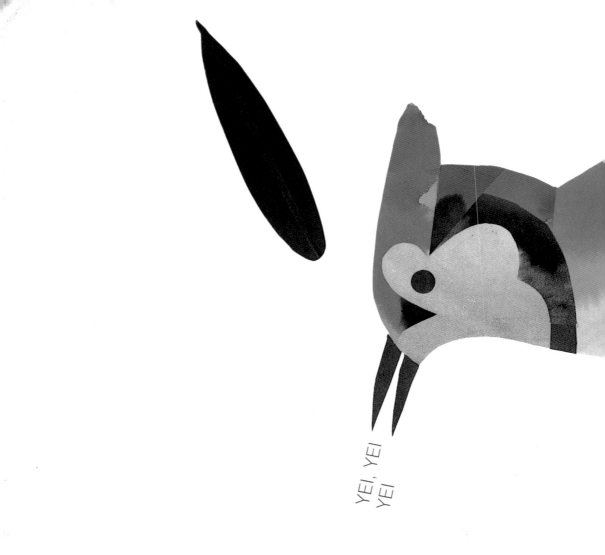

YEI, YEI
YEI

¿logrará encontrarlo?
¿qué piensas tú?

TILÍN, TILÍN

ajo azul

pino

Comer lo mismo es muy aburrido

TILÍN
TILÍN

rama de forsitia

cardenal
del norte

CHIU
CHIU
CHIU

dicentra

y quiere algo
más divertido.

Reyezuelo

rama
de manzano

TILÍN, TILÍN

Mira y
remira.
Parecen
sabrosos
los pajaritos
apetitosos.

TOC, TOC
TOC, TOC
TOC, TOC
TOC

Pájaro carpintero de cabeza roja

TILÍN
TILÍN

Tordo alirrojo

Si él pudiera cazarlos no dudaría en almorzarlos!

O-CA-LÍ
O-CA-LÍ

tulipán Rembrandt

ILÍN
ILÍN

Pero su cascabel
avisa su llegada.
Los pájaros se alertan
con voces alarmadas.

TILÍN
TILÍN

SILBIDO
SILBIDO
CHIC
CHIC
CHIC

Oropéndola del norte

arbusto de lilas

ARRÚ
ARRURRÚ
ARRÚ

ARRÚ
ARRURRÚ
ARRÚ

—Gato Grande anda suelto. ¡Hora de retirada!

Tórtola

TILÍN, TILÍN

Pero
los gatos
no vuelan
ni por
las malas

Pájaro carpintero

Colibrí de garganta
de rubí

TILÍN, TILÍN
TILÍN, TILÍN, TILÍN

planta
de petunia

y los pájaros
saben usar
sus alas.

Gorrión

CHIP
CHIP

ramas
de forsitia

Así, aunque insiste en acechar

CHOUÍ CHOUÍ

Jilguero americano

TILÍN, TILÍN

tan sólo
caza
plumas
para
almorzar.

TAMAÑO: 7¼"–9"

ALIMENTACIÓN: semillas, insectos,
frutas pequeñas,
granos

HOGAR: orillas del bosque,
matorrales,
jardines, parques

ÁREA: zona este de los Estados
Unidos, Arizona

Cardenal del norte

TAMAÑO: 7"–8"

ALIMENTACIÓN: insectos, frutas,
semillas

HOGAR: bosques, árboles
frondosos en los
suburbios, márg
de los ríos, parq

ÁREA: todos los Estado
Unidos y el sur c
Canadá

Oropéndola del norte

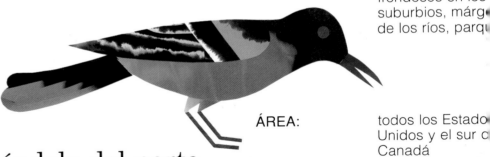

TAMAÑO: 7½"–9½"

ALIMENTACIÓN: insectos, frutas pequeñas, semillas, granos,
insectos acuáticos

HOGAR: pantanos, campos de heno, pastos,
huertos, patios

ÁREA: todos los Estados Unidos y Canadá

Tordo alirrojo

que se le escapó:

TAMAÑO: 11″–12½″

ALIMENTACIÓN: casi cualquier cosa comestible

HOGAR: arboledas en los suburbios, jardines, pueblos, parques

ÁREA: zona este de los Estados Unidos y zonas del centro y del este de Canadá

Grajo azul

Petirrojo americano

TAMAÑO: 9″–11″

ALIMENTACIÓN: insectos, lombrices, caracoles, larvas, frutillas, semillas

HOGAR: ciudades, pueblos, granjas, bosques, jardines, patios, césped

ÁREA: todos los Estados Unidos y Canadá

Tórtola

TAMAÑO: 11″–13″

ALIMENTACIÓN: semillas, granos, frutas

HOGAR: bosques, jardines, parques, granjas

ÁREA: todos los Estados Unidos y el sur de Canadá

Colibrí de garganta de rub

TAMAÑO:	3¼″–3¾″
ALIMENTACIÓN:	néctar de las flores, savia de los árboles, pequeños insectos, arañas
HOGAR:	cerca de las flores, jardines, lindes los bosques, huertas, parques
ÁREA:	zona este de los Estados Unidos y Canadá

Jilguero american

TAMAÑO:	4½″–5½″
ALIMENTACIÓN:	semillas de cardo, insectos, frutas pequeñas
HOGAR:	cerca de cardos, a orillas de carreteras, bosques abiertos, huertas, jardines, parques
ÁREA:	todos los Estados Unidos y el sur de Canadá

Gorrión

TAMAÑO:	5½″–6¼″
ALIMENTACIÓN:	casi cualquier cosa comestible
HOGAR:	granjas, ciudades, pueblos, patios
ÁREA:	todos los Estados Unidos y Canadá

Reyezue

TAMAÑO:	4½″–5¼″
ALIMENTACIÓN:	insectos, arañas
HOGAR:	bosques abiertos, matorrales, granjas, pueblos, jardines, parques, huertas
ÁREA:	la mayor parte de los Estados Unidos (excepto algunas áreas del sur) y la zona sur de Canadá

Pájaro
carpintero

TAMAÑO:	11″–14″
ALIMENTACIÓN:	insectos, larvas
HOGAR:	bosques, granjas, pueblos, parques, césped
ÁREA:	todos los Estados Unidos y Canadá

Carpintero
de cabeza roja

TAMAÑO:	8¼″–9¾″
ALIMENTACIÓN:	insectos, bayas, savia, bellotas
HOGAR:	campos de cultivo, huertas, ciénagas, pueblos, jardines, parques
ÁREA:	zonas central y del este de los Estados Unidos y zona este de Canadá

Todos los pájaros que aparecen en el libro, excepto los de las últimas cuatro páginas, han sido ilustrados a tamaño natural.